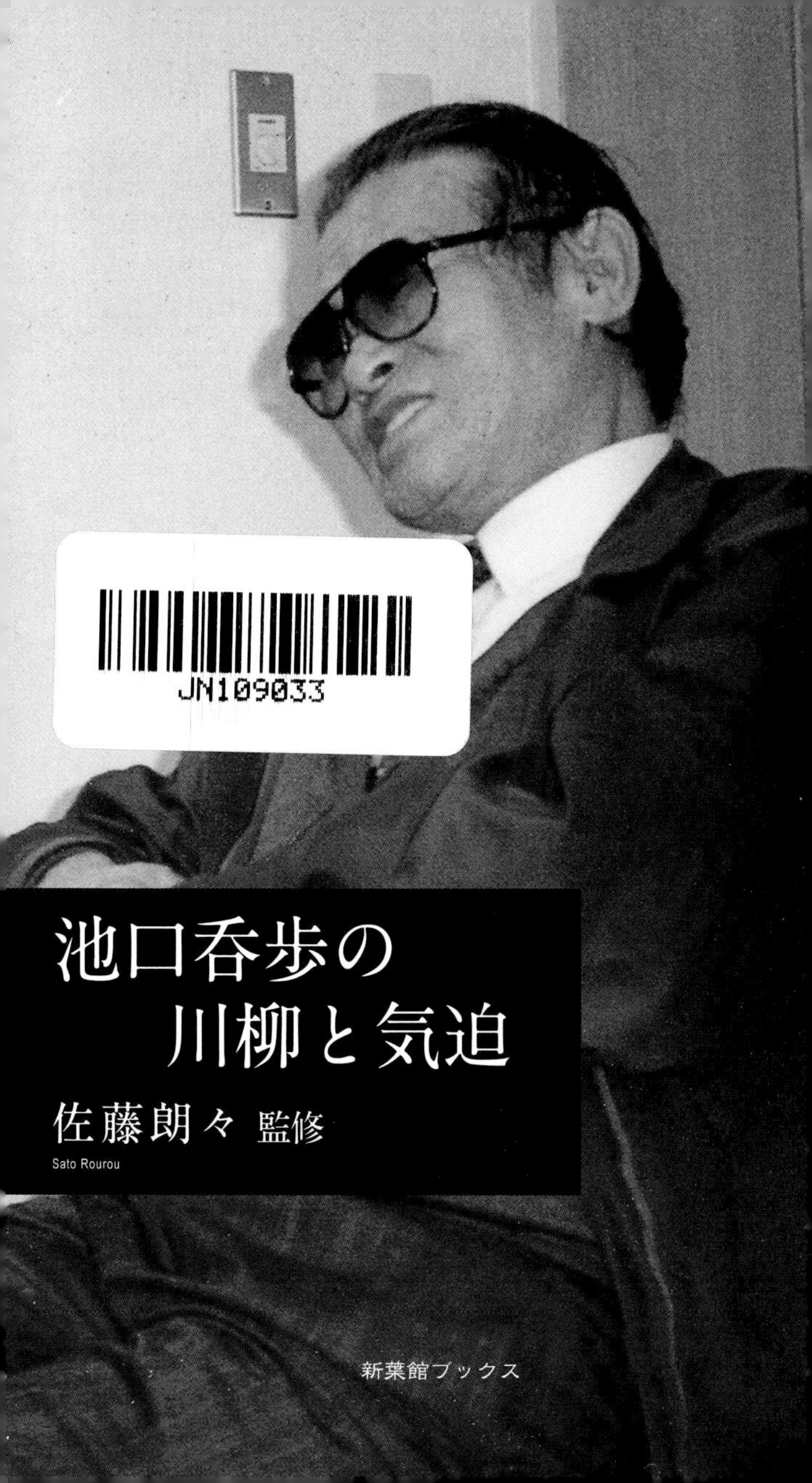

池口呑歩の 川柳と気迫

佐藤朗々 監修

Sato Rourou

新葉館ブックス

銀座天國での予選委員慰労会。前列左から2人目が呑歩。右隣が委員長を務めた黒川笠子。後列中央が栗原花丸。

昭和33年発行の「川柳研究誌 新東京」第10号と第12号。

絵や書も得意とし多くの佳品を残した。田中八洲志氏宛の巻物状の手紙に添えて。

大正

15年 長崎県生まれ

昭和

20年 8月 長崎市内の爆心地から一五〇〇メートルの場所で被爆

26年 「若松川柳会」（代表・友田中間子、顧問・火野葦平）から川柳の道に入る

30年 上京し「新東京川柳研究会」を創立

47年 青梅市に「聖明園川柳」を創立主宰

45年 「新東京川柳研究会」を「現代川柳研究会」と改称

60年 3月 港区に「三田川柳会」を創立主宰

7月 練馬区に「川柳こぶし吟社」を創立主宰

9月 東京都中央区・銀座天國創業百年祭記念「味わい川柳」の選者を小沢昭一、山藤章二、和泉雅子の三氏とともに担当。応募総数一〇六七二句

練馬区民文化祭川柳大会にて会長あいさつをする呑歩。

感謝の気持ちを込めて、参加者ひとりひとりの眼をみながら壇上に立つ呑歩。

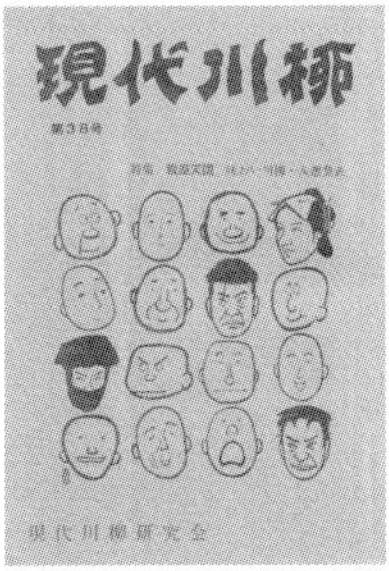

現代川柳研究会発行の「現代川柳」第38号。「現代川柳」の編集人は黒川笠子。

平成

2年 5月 練馬区に「川柳ねりま吟社」を創立主宰
8月 「練馬区川柳作家協会」を創立会長

3年 5月 新宿区に「北新川柳会」を創立主宰

4年 「練馬区川柳作家協会」を「練馬区川柳連盟」に改称
4月 北区に「川柳ひかり吟社」を創立主宰
7月 よみうり・日本テレビ文化センター京葉教室（千葉県船橋市）講師に就任

5年 4月 板橋区に「川柳にりん草吟社」を創立主宰
5月 新宿区に「川柳けやき会」を創立主宰

8年 4月 よみうり・日本テレビ文化センター川越教室（埼玉県川越市）講師に就任

ロの字に机を囲み、アットホームな雰囲気な川柳こぶし吟社での講義風景。生徒の句箋に短評を書き、披講する。身振り手振りを交えた川柳愛あふれる熱血指導は評判を呼んだ。

平成

9年　7月　練馬区に「川柳氷川吟社」を創立主宰

4月　板橋区に「川柳成増吟社」を創立主宰

4月　よみうり・日本テレビ文化センター川口教室（埼玉県川口市）講師に就任

10年　2月　小金井市に「川柳さくら吟社」を創立主宰

11年　10月　よみうり・日本テレビ文化センター金町教室（葛飾区）講師に就任

10月　練馬区の「西友オズ大泉」川柳教室講師に就任

20年　5月22日　逝去。82歳

10月19日　第53回練馬区民文化祭・池口呑歩先生追悼川柳大会を開催

【著書】「川柳パチンコ人生」「呑歩の川柳教室写真集」ほか

川柳こぶし吟社の吟行会でくつろぎの一刻。左は監修者の朗々。宴会での十八番は「麦と兵隊」だった。

平成16年5月、埼玉県松寿荘にて呑歩一門合同吟行会。27名で親交を深めた。

㊤平成十九年秋、練馬区のホテルカデンツァ光が丘にて傘寿祝賀会を有志で開いた。前列中央が呑歩夫妻。
㊧左右に呑歩作品が飾られた壇上で。

川柳けやき会の皆さんと腕を組んで楽しむ

傘寿祝賀会にて、出席者を出迎える呑歩と令夫人の隆子氏。

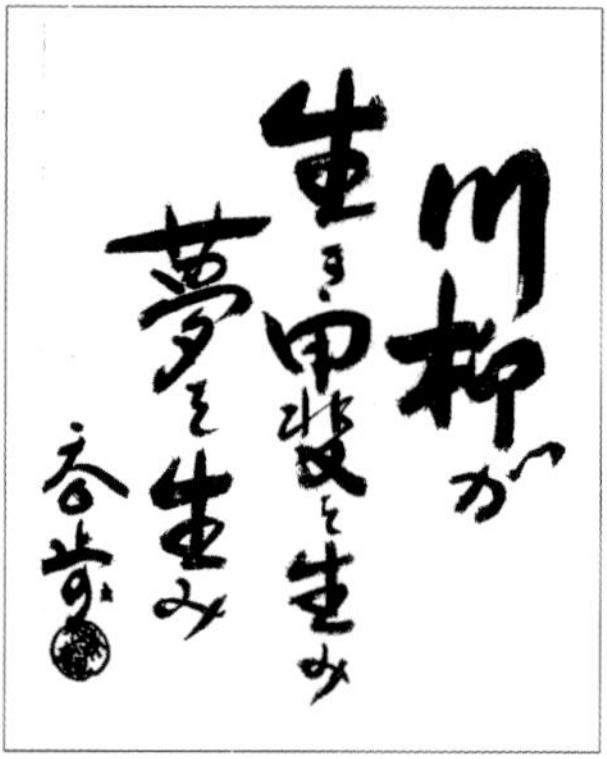

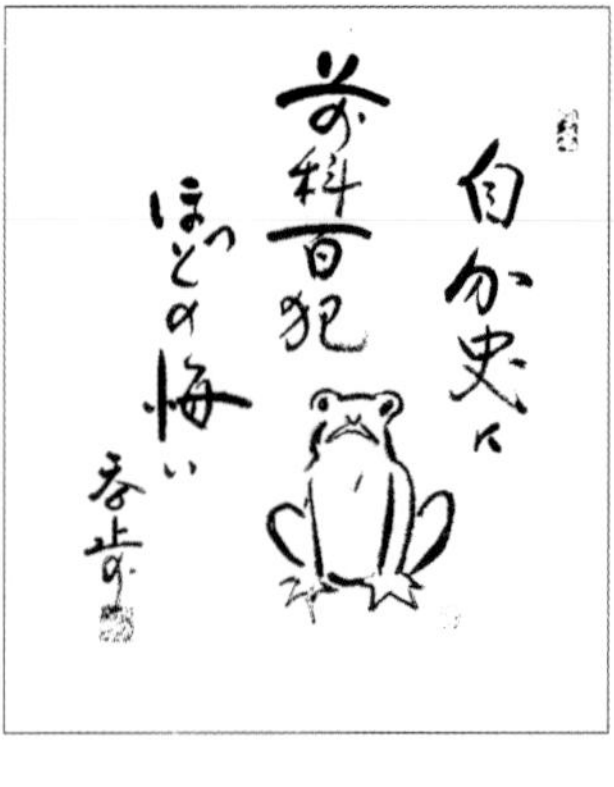

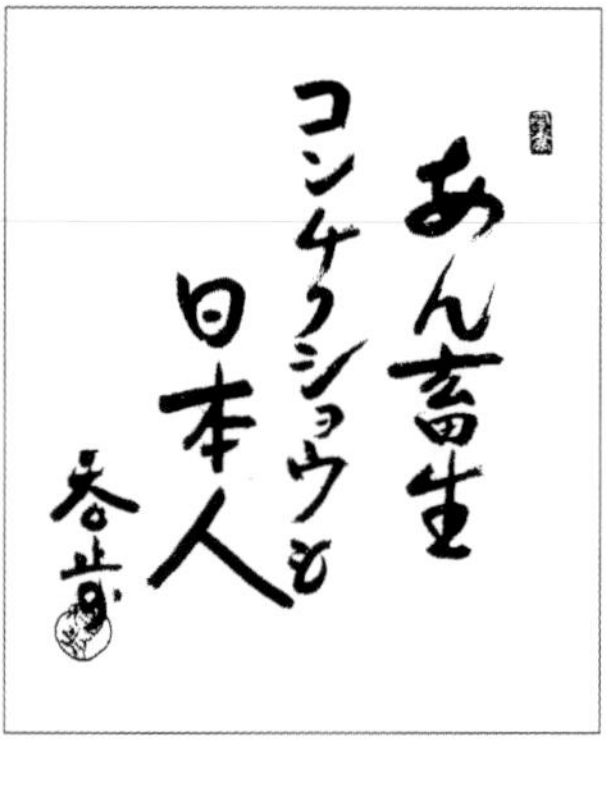

多くの直筆の書を残した呑歩。蛙の絵などもサラサラと描く。

池口香歩の川柳と気迫 ■ 目次

はじめに

「今川柳は練馬が面白い、川柳は今練馬が面白い」と、練馬区民文化祭川柳大会のキャッチフレーズを提唱された呑歩先生が亡くなられて、早や十年の月日が流れた。トレードマークのベレー帽をかぶり、句会の中休みに煙草をゆっくりと吸い、終了後には、温和な笑顔を見せながら、弟子達の川柳談義に耳を傾けていた呑歩先生。今も懐かしく思い出される。

私には二つの忘れられない言葉がある。一つ目は、川柳大会の準備段階でのことである。連盟事務局長の大役を仰せつかった直後、先輩の諸氏からいろんな注文が出された。私が右往左往していると、「君はだれの指示を受けるのかね」と短い中に、厳しい指導を感じた。

二つ目は、会長の座を引き継いだ最初の大会のこと。不安でたまらなかった。どのくらい参加者が集まってくださるのか。それを打ち明けた時に、先生は「そんなつまらないことを悩む必要はないよ。来る人は来る、来ない人は来ない。そこまで割り切ってやればいいんだよ」と優しく諭してくださった。この二つの事柄は、今なお私の胸の中で生きている。自信過剰になるべきではないが、それからは気持ちが落ち着いた。硬軟使い分ける先生に、少しでも追いつきたいと努力している私である。

昨年、香歩先生について纏めて欲しいとのご依頼を受けて以来、悩みに悩んだ結果、やっと纏められた。まだまだ書き足らぬ点もあるかと思われるが、彼の生きざまをご理解いただければ幸いである。

令和二年九月吉日

佐藤朗々

資料協力：田中八洲志氏

池口呑歩の川柳と気迫

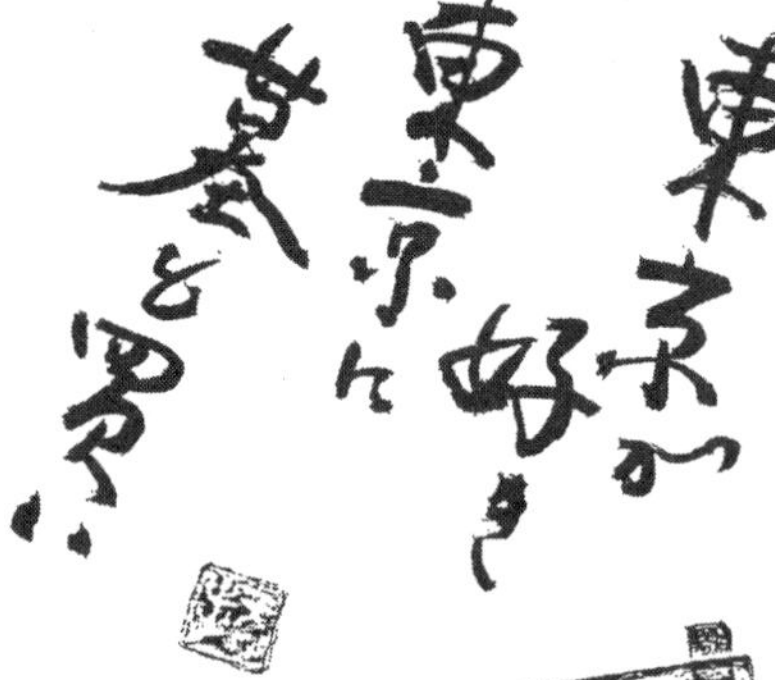
東京が好き
東京に
夢を買い

スケジュール
三百日が
埋まりそう
1月 Schedule
PLAN

第一章

自分史

春宵多感

自分史に前科百犯ほどの悔い

自分史に馬鹿を馬鹿とは書いてなし

自分史に積木のような愛幾つ

自分史に賞味期限が切れた愛

四捨五入して自分史に書く自分

自分史に嘘八百でたりぬ嘘

自分史の虚実小説より奇なり

愛百句　自分史百句　酒百句

自分史を自分で読んで不眠症

自分史百句

はじめに

「自分史」という、極めて私的、個人的なことを、活字にして衆目に曝すことは、大いにためらいもあったが、これは「自分史にして、自分史に非ず。自分史に非ずして、自分史」という点にも、それなりの意義、意味合いがあるのではないかと、と思い直して、敢えて句集にすることにした。

自分史の中に逃げ場のない自分
自分史に欲しい如意棒　觔斗雲
自分史の裏にその又裏があり
自分史に複雑骨折した自分
前向きに生き自分史も前のめり

　幸いにして、「こぶし吟社」の佐藤朗々氏、「よみうり京葉」（船橋）の山口たけし氏「成増吟社」の植竹団扇氏、平野有象氏、他一門有志多数の方々の、絶大なるご理解とご支援ご尽力をいただき、不肖浅学の私にしては、過分の句集にして頂けるようで、感謝に耐えない。

　冒頭に述べた「自分史にして、自分史に非ず」という言い方も回りくどいようで恐縮だが、価値観多様の現代、川柳にも伝統、革新、中道といろいろあり、川柳も決して一つではない。本

自分史に探しあぐねる青い鳥

台本はない自分史に喘ぐペン

自分史を書けば書くほど自己嫌悪

自分史に所詮は仮面舞踏会

自分史にへっぴり腰でする不倫

当のところは、川柳家にもよく分からないのが現状ではなかろうかと思うのである。

例えば、

絶景の中でも鷹の眼は光り

という句があるが、これは全国至る処にある「絶景」の空に舞う「鷹」の眼が、獲物を狙って光っている、というだけの解釈だけでは、それだけの句になってしまうが、文字通り絵にも描きたいような「絶景」の中で、生きんがために獲物を狙う「鷹」なり「鷲」なりの姿を、さらに突っ込んで考えれば、それ

自分史を変えた女の片えくぼ
自分史にサイタサイタも狂い咲き
自分史にオレとお前の腐れ縁
自分史にお時間までの猿芝居
自分史に千夜一夜の眠れぬ夜

は弱肉強食、生きとし生けるものの運命的な闘いであり、しかもそれが思わず息を呑むような静寂の絶景の陽の下で、日常的に繰り返されている、というところに人間社会にも通じる厳しさがあるのではなかろうか。明と暗との対象の面白さも、作者の狙いにあったのではなかろうか、といろいろ考えられるのである。

しかし、それは川柳を多少でもやっている人、理解している人の考え方で、川柳無縁の人達には、そこまでは分かりにくい

自分史に駄句は何百何千句
自分史にこの世の怖さ面白さ
自分史に溜息吐息虫の息
自分史に二、三が無くて四に感謝
独断のペンも自分史なればこそ

のではないだろうか。「生き甲斐川柳」を主唱し、その発展と向上のため微力を捧げさせていただいている私としては、このように分かる人に分かってもらえれば、それでいいというのではなく、少なくとも、十人の人のうち、六、七人には分かってもらえるような表現活動をしてゆきたい、川柳家の独善専行は厳に戒めたい、というのが私の基本的な考え方であり、姿勢でもある。

その見地に立ってのこの「自分史百句」であり、この句集の

自分史に心の鍵を閉め忘れ

自分史にあれもこれもが有り余り

自分史に二十三区の点と線

自分史に曝け出してるノー天気

自分史にアテと褌よく外れ

中から、一句でも多く、ワカル、なるほどと共感共鳴して頂ける句があれば、著者望外の幸せで、「自分史にして、自分史に非ず。自分史に非ずして、自分史」と称した所以である。読者の皆さんの読後感などお聞かせ願えれば、幸いこれにすぎるものはない。

平成十三年六月吉日
新世紀を祝して
悟空堂
池口呑歩

自分史でＤＮＡを逆恨み
自分史の哀別離苦に涙涸れ
迷子札つけて自分史どこへ行く

熱風多恨

自分史に十字砲火の他人の眼
自分史に嗚呼ナガサキよふるさとよ
自分史に他人がかける色眼鏡
べらぼーな世に自分史が切る啖呵

自分史に木っ端微塵にしたい俺
自分史の一語一語が掘る墓穴
自分史の中は地獄の三丁目
自分史に又チョン切れた虹の色
自分史に書いた自分の鎮魂歌

思うがままに

（1）平成狂詩時代

数年前、ある地方の大会に選者として招かれ、句友数人と出掛けた。百名を超える参加者で盛会であったことは何よりであったが、十余人の選者に選ばれた句のほとんどが、所謂、新傾向の難解な「詩性派作品」であった事は、大いに辟易させられ、考えさせられたことであった。新傾向、詩性派という言い

自分史に刻む被爆者証明書

自分史に怨みぞ深しきのこ雲

自分史に徴用否も応もない

自分史の中のケロイド薄嗤い

自分史を血しぶき染めたきのこ雲

方も、私が川柳に入る以前からあったから、もう四十年以上にはなるだろう。だから今更らしく言うことではないのかもしれないが、六巨頭時代という一応それなりに骨組みのしっかりした時代から比べると、群雄割拠の感がある近頃では、その特性でもある難解さが、もうとめどもなくなり、しかもそれが又、何とか症候群のごとく蔓延を極め、手の施しようもない状態になりつつあるようである。

　川柳は本来、もっと面白く、ほのぼのと温かく、しみじみ

ピカドン一閃　非情自分史真っ二つ

自分史に万の死臭と絶叫と

自分史に長崎の鐘鳴りやまず

と心の琴線をゆさぶり、時には痛いところも衝き、それが又共感をよび、あらたな笑いを誘う、そういう態のものかと思って入ったのだが、近頃の詩性派作品を見ていると、面白さも温かさのカケラもなく、やたら理屈っぽく、文学がどうの、芸術がどうのこうのと格式張って高踏的で、さながら「汝等、愚民ども頭が高いッ！　下にィ、下にィ…」といわんばかりのようである。このゲイジュツが分からんのはお前たちが悪い、川柳サマを知りたかったら、お前た

清涼孤雲

自分史修正液が欲しい秋
自分史に刻一刻と迫る老い
自分史に神も仏も素っ気なし
自分史に一期一会と会者定離

ちもっと勉強して、出直して来いッ！」と叱られているようで、とてもじゃないが、おっかなくて側へも寄れない、という感じなのである。

昔はそれでも、本格派の川柳が数的にも断然有利だったから、あれも川柳、これも川柳、川柳の視野を広げるため、いろんな川柳があってもよいではないか、と太っ腹なところを見せていたが、いつの間にか「詩性派病」は、全国的に蔓延し、今はもう「庇を貸して母屋」も取られかねない事態に立ち至って

自分史に続編を書くペンは無し

自分史に孤独の風が吹きまくり

デッサンのままで自分史終りかけ

自分史が減点法ですり切れる

自分史に出るに出られぬ井戸の中

いるのである。それが時代の流れだから仕方がない、という物分かりのいい人もいるが、果たしてこのまま看過放置していてよいのだろうか？「柳多留初篇」の序文にいう「一句にて句意のわかり易き…」は、柳祖川柳の心であると同時に又、庶民文芸たる川柳の命であると私は思う。

曽って「天保狂句時代」と言うのがあって、川柳が堕落したとして、明治末、川柳革新運動の烽火となったが、今やまさに「平成狂詩時代」の様相を呈しつ

自分史によい子ぶってる美辞麗句

自分史にたかがされどの十七字

自分史に悔いまた悔いの誤字脱字

自分史の句にも子離れ親離れ

自分史にのらりくらりの万歩計

つある。「狂句百年の負債を返す」と叫んで起こった先人達の偉業が「狂詩」というエイリアンによって踏みにじられようとしているのである。あゝあやふい哉、川柳！

平成元年九月
現代川柳研究会　会報

自分史に是は是非は非の得手勝手

自分史にノラにもなれず母は逝き

(2)「四つの悲願」 道半ば

今から十数年前になるが、当時、川柳界には、川上三太郎、村田周魚、前田雀郎、岸本水府、麻生路郎、椙元紋太の「六巨頭」がお元気で、互いに覇を競う感でもあった。

だが私が不思議に思ったのは、それらの「巨頭」が揃いながら、日本を総合するような中央機関がなく、総合誌もなかった。この点について、柳友達とも何度か議論した結果考えたのが、

1 川柳作家協会の設立

寒月断片

自分史にジグソーパズル未完成

自分史に誰がつけたか○と×

可も不可もなき自分史に喘ぐペン

自分史に生き恥曝すことばかり

2　川柳総合誌の刊行
3　川柳年鑑の発行
4　マスコミ柳壇の開発と向上

の「四つの悲願だった。九州からポッと出の「田舎川柳作家」の私としては、花のお江戸の猿芝居にも似て、実に不遜極まる暴挙だったのだろう。諸般の状況から見て反応は芳しくなかったが、結局、紆余曲折の経過後『全日本川柳協会』が大阪に出来たのが、それから二、三年後だった。さらに「オール川柳」なる総合誌が出来たのも数年後で

自分史に恥の上塗りして生きる

自分史のマス目を埋めた迷句駄句

自分史に描いて消えた夢幾つ

自分史に時間の無駄と紙の無駄

池口のイで自分史の損と得

あった。

「四つの悲願」は、私の主宰する「現代川柳」を初め「さっぽろ」「なごや」「ひろしま」「いちのみや」など、全国二十数誌に書きまくったから、知る人ぞ知ると思ったが、いつの間にか闇から闇に葬り去られる格好になってしまった。それは現代川柳界の伏魔殿的な複雑怪奇なる事情にもよるようだが、それやこれやで「四つの悲願」は雲散霧消となったのである。

しかし、某月某日、「川柳平安」（京都）のH氏、「時の川柳」

自分史に誰が決めたかいろは順
アイマスクつけ自分史に句読点
自分史の自作自演に息が切れ
自分史の噂コピーがズレたまま
自分史は言葉の海の土左衛門

（神戸）のS氏から「四つの悲願」で頑張られたあなたが、今この時期「日川協」にも「オール川柳」にもタッチしておられないのはオカシイ、自分達が何とかするから、是非参加して欲しいとのお電話を頂いたのが、私にとっては、せめてもの慰めだったかも知れない。

　先日、青色発光ダイオード（LED）の製法開発をめぐり元の勤務先と和解した米カルフォルニア大のH教授のことが話題になったが、最初に口火を切った、手を初めたことを、どう評

書き終えてなお自分史にある未練
自分史に自分でつける定価表
自分史の行きつくとこも夢の島

価するかが、社会の各層で、やはり問題と思うが、人の言ったことやしたことの尻馬に乗って、おん身大事に生きる人達にとっては、そんなことはどうでもいいことかも知れない。過ぎたことをいつまでもウダウダ言ってもしょうがないが、私が「日川協」にも「オール川柳」にもタッチしていない理由の一端を、以上で多少でもご理解頂ければ幸いである。

かくして「四つの悲願」は、形を変えた形で恰好で実現しつつあるが、それはまだまだ緒に

拾遺集

自分史の延長戦がまだ続き
自分史の中に昭和のうめき声
自分史に何の保証もない明日
自分史の中にもあったけもの道

ついたばかりで、今やっと「道半ば」としか、私には思えない、書けばいろいろあるけれども紙数が足りないので、終わりとする。

平成十七年四月
呑歩と朗々の写真集

自分史の運命線がひん曲がり

自分史がいつの間にやら多色刷り

自分史に厚底履いてみたい春

自分史に飲んだ呑まれた酔虎伝

自分史に今日も揺れてるヤジロベー

自分史にたかがされどの迷句駄句

自分史に夜も眠れず昼寝する

自分史に言葉は要らぬ愛ひとつ

自分史に寝技立ち技合わせ技

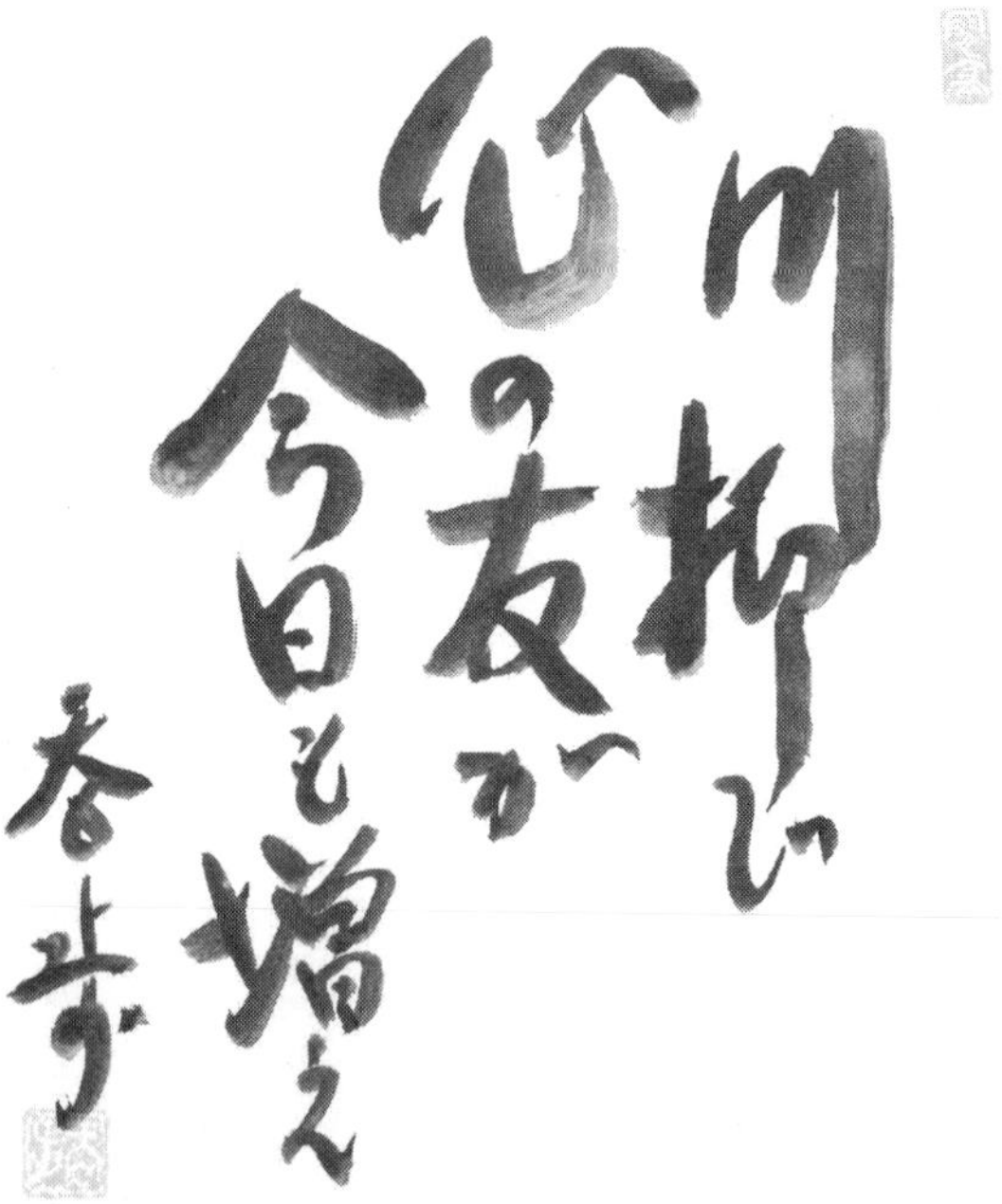
川柳
心の友が
今日も増え

第二章

生き甲斐

平成二年から平成十九年の軌跡

無神論だった仏に枕経

整形をしても足りずに塗ったくり

寝化粧の涙を知るや朝鏡

収穫の秋心地よい汗をかき

豊作に太鼓も弾み笛も冴え

自分史に恥かき捨てた花名刺

アレンジをされ名曲が泣いている

名曲はやっぱり母の子守歌

有名になって名物味が落ち

呑歩の講義風景

皆さん、今晩は。今日もお元気にお集まりいただき有難うございます。早速披講に入りますが、皆さんの選んだ句と、どう違いますか、お楽しみに。

名物の老妓啖呵も撥も冴え

迷惑と知らず迷惑かけている

茶柱を喜んで出て事故にあい

田を守り魂までは売らぬ父

大学を出たが田を売り山も売り

この句はそれなりに出来てはいますが、(先生はどの句も決してくさしません)インパクトに欠けていますね。ただ事実を事実として捉えている、いわゆる説明調の句です。

サイコロの目が2でもそれを3にも4にも膨らませて感じさせ、共感させる、句の中で全部を言ってしまわないで八分目にとめて、読む人の想像を膨らませ、ドラマを感じさせるような句が良い句になります。

俺にまだ夢を抱かせる新庁舎

ホステスの微笑骨までしゃぶられる

そっとして欲しい米まで騒ぎたて

家元の眼が光ってる舞扇

七生報国してきた戦後五十年

平和ボケ礼儀知らずも放っとかれ

礼儀にはうるさい人の背が孤独

お手植えの苗はお山の一等地

苗植える田にも団地の影が伸び

孫はもうスターカメラへよく笑い

いつの日かゴミになるかもしれぬ骨

無灯火の自転車刺客めいて過ぎ

自転車にミニで乗ってる娘の度胸

モデルにもABCとある値段

分かったか分からないのか生返事

親しみ安さからか、例えば孫の句とか七五三の句と言ったものは過去に多くの先人が何千何万と作られています。したがってベテラン選者には常套句とか類想句とみなされることが多く、よほどの句でないと大きな大会で抜かれるのは困難です。

寿司屋から通に見られている仮面
齢だナとやっぱり思う万歩計
乗ってみて一度で懲りた救急車
妻を持つとは差別語と女史怒り
困る程時には持ってみたい金

この句の下句に変な奴と言った「奴」という言葉が使われていますが、親しみを込めた気持ちは分かりますが、あまり綺麗な言葉ではないので、使わない方がいいと思います。

バッカスもぐったりしてる二日酔い

昼間から性にふやけたワイドショー

なりゆきで昨日は左今日は右

無為徒食して浮雲に似た命

噂する人にも噂つきまとい

古希過ぎてスタミナ余る顔の艶

もう手枷足枷がある第一歩

正札をニンゲンにまでつけたがり

偏差値のように正札ぶら下がり

公民館アラマァオヤマァと友が増え

川柳は口語体の短詩文芸です。侮蔑語、差別語、死語、旧かな使い、超難解な漢字は避けるべきですが、漢字で書く方がすっきりするのに、辞書を見るのを省いてひらがなにしたり、送り仮名にも無頓着なのは困ります。特に漢字にルビを振ることはよほど特殊な読み方をする

生き甲斐を打つワープロの指にこめ

自分史の中に案山子のような俺

両親を淋しくしてる子の自由

青春の照る日曇る日セピア色

イエスノーその中間がない選挙

時以外は、読み手に対し失礼に当たることもあるので極力避けたいですね。

文語体である「や、かな、けり」と言った俳句の切れ字なども使わない方が無難です。要するに色紙に書いて部屋に飾れるような句を作りたいですね。

運天に任せ担いでいる縁起

円満な今日も増えてく皺の数

宴会も仮面が脱げぬ宮仕え

日本に遠慮も死語になりかかり

何様かテレビで吠える熟女達

人が人裁き死刑も告げる口

内緒よと告げる内緒でない内緒

生き甲斐はあっても限りある命

台本にト書きが多い半生記

七光りだったと父が逝って知り

最近川柳が面白くなくなってきたといわれることがありますが、この句はマンガチックで面白いですね。ほのぼのとした感じを読む人に感じさせます。おかし味は穿ち、軽みと共に川柳の三要素の一つです。しかしただ人の欠点をあげつらって笑いを取るだけの句やダジャレ、造語、掛け言葉など言葉遊びだけの句はいただけません。

お仏飯てんこ盛りして不孝詫び
飯粒の悲鳴聞こえるてんこ盛り
ワイドショー離婚三度を恥とせず
フラッシュの中容疑者のうす笑い
カマキリを寄ってたかって蟻担ぎ

サラリーマン川柳や公募川柳でおよそ文芸性が低いと思われる句が上位に抜かれている事がありますが、選句が気に入らないと言って選者に文句をつけることは、川柳作家として出来ません。

我々の会でも同様です。

這い上がるまでどん底に続く闇

買えるかと言わんばかりにダイヤの値

地球より重い命にかける税

飛び入りに鵜の目鷹の目派閥の目

損しても損は言わない太っ腹

妻美人鍵にチェーンも欲しくなり

戒名になっても俺は日本人

自分史は酒酒酒の字で埋まり

握手した手が離せない久し振り

御真影故郷の家はまだ飾り

雑草に微笑むような花が咲き

犬だって信号守る交差点

ハネムーン夢また夢を待つローン

遺産などなくて兄弟仲が好い

人間の嘘に顔負けした狸

この句は作者だけがお分かりの難しい句です。少なくとも読む人の十人中八人くらいの方が分かる句を作るようにお気を付けください。

ふるさとがない江戸っ子が祭り好き
眼から火が出た鉄拳にこめた愛
迷作も駄作も懲りず練り続け
人ごころまでは練っても練れぬ謎
故里の川の上にもビルが建ち

　これから三才に入りまーす。大会では三点句になります。人の位は十五番になります。

　おや零点ですか。皆さんのお気に召さなかったようですが、逆に高得点の句が選者に抜かれない場合も多々あります。選者と皆さんとの波長が合わなかったということでしょうか。点数

田舎では違う常識非常識

いい陽気いい景気にはまだならず

曇る日も照る日も税は容赦せず

神仏天地に人にお陰様

女房に返す言葉が見つからず

の少ない句でも読み返し、視点を変えてみると、作者の思い、感動が改めて伝わってくることがあります。この句はそんなことを私には感じさせる句に思えますが、いかがなものでしょうか。

西口で待っても来ない東口
待ちぼうけばかり食わせる福の神
山越えるたびに違った風に逢い
雑巾も変えて特別席を拭き
どっこいしょやるぞ平成十四年

独立をしたら打たれる杭にされ

再会にホステスの名がまた変わり

木石にアラズ教え子妻にする

手鏡に嘘の数だけ女塗り

エリートを厚顔無知にする世間

「川柳家　何だ隣りのおじさんか」という句がある位、川柳は誰でも作れて楽しめますが、作句を始めたばかりの方には原則的なことを幾つか申し上げておきます。

エリートの死んでも見せぬ腹の底

天命というが予告はしない天

俺の名に人名辞典目もくれず

過疎の村男尊女卑がまだ残り

出来心では済まされぬ出来心

五七五の定型を出来るだけ守ってください。リズム感が一番大事です。家で言えば上句が屋根、中句が柱、下句が土台といったところです。特に家の柱の部分にあたる中八（中句が八音）は作るな、選ぶな、が大原則です。下六も土台の座り具合を悪くしますので止めましょう。固有名詞で中八を避けがたい場合は上句に持っていく等工夫してみてください。上句は五音でなくとも構わないというのが全国的な風潮です。

生きている限りを廻る独楽の芯

四捨五入五という数が生きてくる

ピラニアのように食ってるバイキング

本命の仮面覗きにくる他人

自他共に許す椅子にもある軋み

風吹かばふけ本命にあるゆとり

本店の嫌われ者が来る支店

本店の自動ドアにも身づくろい

日本も巨人も不滅世紀末

告白の後心臓が破れそう

勲章の背に喝采まだやまず

悶えても悶えても無駄朝が来る

妻の留守天下御免の酒タバコ

心臓に毛が生えてきて喜寿傘寿

おトイレで構想雲の如く湧き

この句は下句がいわゆる助詞止めになっていますので残念ながら没句にいたしました。

…は、…が、…に、…へ等最後を助詞で止める手法は俳句では余韻を残すということで一般的ですが、口語体の川柳では座りが悪いということで避けたい形となっています。

実るのは隣り家には枯れ落ち葉

落城の悲歌で客よぶ観光地

光が丘陸の孤島に富士が晴れ

妻の持つカードはいつも厳し過ぎ

第三章

青春真っ盛り

悟空堂雑記（呑歩川柳教室等から）

馬車馬に星が囁く夜があり

東風は東風疾風は疾風馬の耳

人は泣き馬が笑った万馬券

雲ばかり見ていて天馬雲に飽き

馬の脚拍手を闇の中で聞き

自分史に蚤や虱のレクイエム

憶い出の蚤は伊賀流甲賀流

虱取る勇士はどこに眠れるか

南京虫だってみんなと肩を組み

天皇でなくてよかった汗っかき
生きているうちが花さと燃える愛
世界一倖せだった過去の愛
トキメキがまだ残っていて人愛し
愛の私語本当かしら嘘かしら

愛してるはずが疑問符ばかり増え

絶対の愛はないのに縋る愛

世紀末愛も畜生じみてくる

土壇場で愛も千変万化する

ピエロにも馬鹿にもなって狂う愛

同様に「…する」という動詞の連用形である「…し」を下五に据えるときに限り「し止め」と言って同じく避けたい形と言われています。

例　勉強する→勉強し

ご破算にしても未練が残る愛

合掌へ神賽銭の方を向き

心ってどこにあるのかレントゲン

川柳で心の友が今日も増え

川柳で探す心の裏表

江戸時代川柳の前身ともいうべき前句付は五七五七七の短歌スタイルでした。

七七が前句（いわゆる題）で五七五が付句となり後に前句を省略して付句だけで独立したのが、当時の前句付点者柄井川柳の名前をとった「川柳」となったわけです。そのため当時は五七五の付句が助詞止めであっても前句七七もあわせて鑑賞さ

川柳をやるだけやって五里霧中

聞く耳を持たない神に掌を合わせ

四海波おだやかにして金がない

人は人だけど気になるお賽銭

素っ気ない返事心にある虚ろ

れるため、ぶざまな形にはなりませんでした。

文芸ですから絶対ダメとは言えませんが、少なくとも関東の川柳界ではそういう傾向にあるようです。

他にも折句を作る際には病句（やまいく）はだめですよとか、いくつかのルールのようなものがありますが、その時折にまた説明していきます。

常套句それでも抜ける選ばれる

わくら葉の命を風に任せきり

舌を抜く閻魔の舌は誰が抜く

おしぼりで涙を拭いた女王蜂

川柳の天皇杯で見る悪夢

川柳の中にもあった下克上

ほとばしる夢に自分がさいなまれ

左にも右にも揺れて枯れる花

喜寿なんて滅相もない面の皮

ハイエナとピラニア踊る都市砂漠

泣いて過ごすも一生、笑って過ごすも一生、どうせ過ごすなら笑って過ごしましょう。これが「生き甲斐川柳」のモットーです。

聞き飽きた世辞肩書きがこそばゆい

差別語も差別されてる民主主義

も一人の俺には俺の腹の虫

自己嫌悪してる自分に自己嫌悪

人生の箱庭中におーいお茶

まだ若い青いと登る喜寿の坂

御名御璽だが日本に山河在り

スリ切れた芯で余生を回る独楽

舞い落ちる枯葉にさえも陽の恵み

川柳に追われボケてる暇がない

川柳で百を目指している若さ

川柳のタネは尽きない世紀末

川柳の話茶でよし酒でよし

川柳で世間の広さ思い知り

川柳で平和と自由謳歌する

川柳が好きでたまには憎らしい

川柳で今日一日の日が速い

川柳で夢は果てなし二千年

変な句で詩人気取りの五七五

川柳で古稀はまだまだ青臭い

川柳で古稀は青春真っ盛り

春うらら今ぞ芽を吹く川柳

六度目のゾロ目の齢を祝う屠蘇

いろはうた棒当たっても犬歩き

自分史に羊頭狗肉忸怩たり

除夜の鐘百九つを俺は撞く

龍頭が何だ蛇尾には蛇尾の意地

馬齢なお性懲りもない夢を追い

羽搏けば空に風あり虹もあり

自分史も涙の跡や酒のシミ

自分史の無手勝流に向こう傷

神よ神神に声なし影もなし

敗戦で行方不明になった神

目ン玉は二つ心の眼は一つ

新天地まだ付き合いも及び腰

三次会トラとウワバミだけ残り

高いかね払って愚痴をこぼす酒

飲まずにはおれぬ酒なり孤独なり

酒とろり恋を恋して眼もとろり

平成11年6月26～27日の埼玉県松寿荘への吟行会参加者一行と。

第四章

自由自在

吟行会参加者・姿吟　池口呑歩

桐柳の夢が桐生に咲かす花

会長を探す会長**松太郎**

面白い句ならオレの句**正二**の句

正克のちょっと一服二、三本

昭一に練馬の酒は日本一

NHK調が生きてる**和巳**の句

青春の夢は**馬骨**にシャンゼリゼ

花の他**美三男**句もやり吟もやり

人柄を愛されていて名は**岩男**

ミスでないなどと洒落てる三須亘

風浪が来ると笑いが渦となり

貞春に戦艦大和句に生きる

ユーモアくらぶでしげお名を残し

亀月の句格調もあり品もあり

鎮幸はたまに休むと天に抜け

ケーキにも句にも**ひろし**が描く夢

裕吉に中野練馬は隣組

新しい風起こしそう**四六郎**

連山にああ満州よ大連よ

東泉をやる気にさせた大泉
妻と山愛して久雄まだ若い
北新の春次世界を股にかけ
憂ウツの鬱末っ子に教えられ
たおやかにけやきに匂う悦子の句

楽洛の髯成増でものを言い
幸柳の夢がふくらむ新天地
朗々に前途洋々たり練馬

（平成十一年六月二十六日・二十七日　埼玉県・松寿荘）

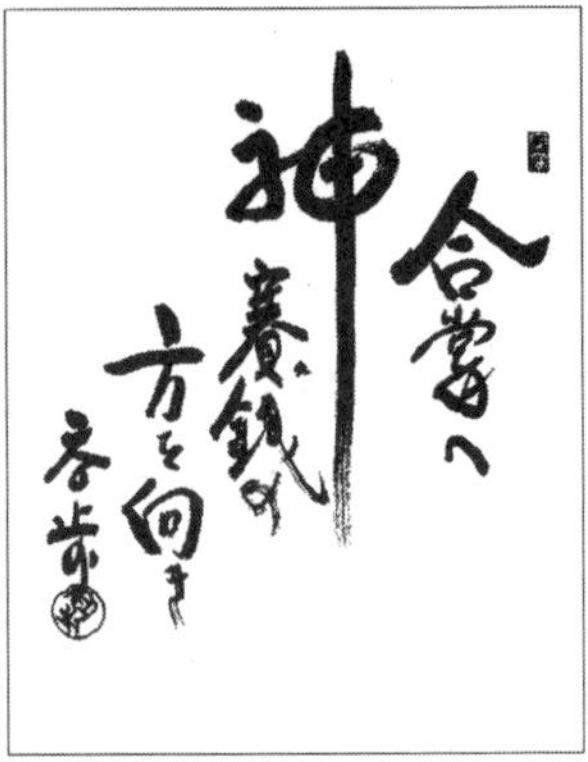
合掌へ
神
賽銭の
方を向き

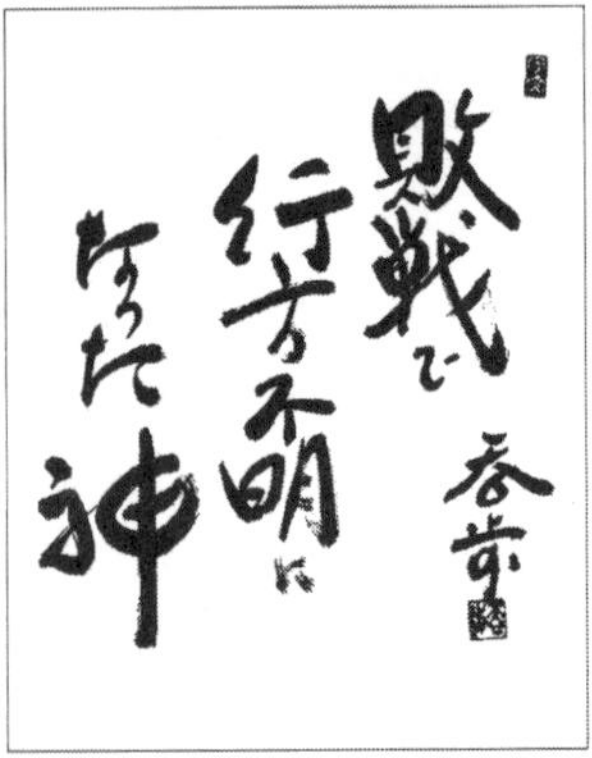
敗戦で
行方不明に
なった神

飲まずにはおれぬ
酒なら
孤独なり

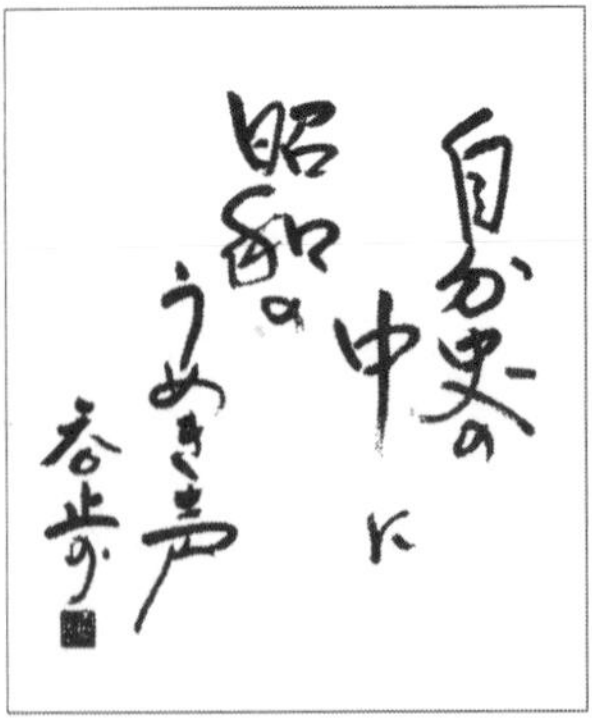
自分史の
中に
昭和の
うめき声

■参考資料

川柳こぶし吟社記念誌。三田川柳会会報。
練馬区民文化祭会報。呑歩一門吟行会会報。
現代川柳会会報。

あとがき

冒頭に述べたが、実に膨大な資料を纏めるのは大変な作業であった。しかし、お引き受けしたからには、何としても書き上げなくては…と焦っている時、呑歩先生と天が援助の手を差し伸べてくれた。

お読みになった諸兄姉から、お叱りを受けるかも知れぬが、コロナウイルスの流行による巣ごもりの期日である。この期間でまとめなければとねじり鉢巻き？ で立ち向かった。

まあ、何とか書き上げたものの、彼の生き様と川柳に対する熱意を、皆さんに伝える事が出来たかどうか、すこぶる不安である。天空から「おい、俺にはな、もっといいとこがあるぞ!!」という声が聞こえてくるかもしれない。不肖の弟子が書き上げたものとして、お許しいただくことにしたのである。

最後に書き添えますが、資料を集めている間に、懐かしい諸先輩のお顔や文献に触れて、一刻の思い出に浸りました。大半が旅立っておられますが、呑歩先生と川柳談義と酒を酌み交わしていらっしゃるでしょうか。

このような企画にお誘い頂いた新葉館出版に「有難う！」と申し上げます。

令和二年十二月吉日

佐藤朗々

【監修者略歴】

佐藤朗々（さとう・ろうろう）

練馬区川柳連盟会長。昭和14年生まれ。

生涯学習インストラクター1級（川柳）。

故池口呑歩先生に15年間師事。

「川柳が生き甲斐を生み夢を生み」とする呑歩先生の遺訓を支えとして、現在14か所のお仲間の笑顔に囲まれている。

著書に「川柳作家ベストコレクション　佐藤朗々」。

川柳ベストコレクション

池口呑歩の川柳と気迫

○

2021年5月5日　初　版

監　修

佐　藤　朗　々

発行人

松　岡　恭　子

発行所

新　葉　館　出　版

大阪市東成区玉津1丁目9-16 4F　〒537-0023

TEL06-4259-3777㈹　FAX06-4259-3888

https://shinyokan.jp/

○

定価はカバーに表示してあります。

ISBN978-4-8237-1056-8